© Casterman, 1999. ISBN 2-203-12845-3

Claude Gutman

La discussion

illustré par Serge Bloch

SIX & PLUS | **casterman**

TOUT A COMMENCÉ dans la cour de récré, après les vacances de la Toussaint. Djamel a dit que le Père Noël n'existait pas. Laurent a dit que si, plus un gros mot que je ne peux pas répéter.

Ils ont commencé à se battre mais il faisait si froid qu'ils ont vite arrêté. L'œil de Laurent était pourtant poché. Il pleurait. Il le dirait à Georgette, la maîtresse.

Il l'a dit quand on a enlevé nos grosses parkas d'hiver et fait sécher nos bonnets sur les radiateurs.

Djamel a traité Laurent, en douce, pour que Georgette n'entende pas. Mais Georgette, elle a des oreilles dans le dos.

Elle s'est retournée avec des yeux-laser.

Djamel s'est senti riquiqui.

Nous aussi.

Georgette a pris sa voix de tonnerre :
– Bon, qu'on en finisse une bonne fois
pour toutes avec le Père Noël.

On s'est tous regardés. Est-ce que ça
voulait dire qu'elle allait l'assassiner ?

Djamel a levé la main. Il lui a dit poliment que c'était pas possible de tuer quelqu'un qui n'existait pas...

Et la dispute a recommencé.

– Si, il existe ! a hurlé Laurent. La preuve, c'est que je l'ai vu à la télé !

Si ça c'est pas une preuve ! Et moi qui ne croyais plus au Père Noël – mais quand même... – j'ai eu des doutes.

Georgette a dit qu'il fallait être tolérant et respecter les croyances des autres, comme ceux qui mangent du porc et ceux qui n'en mangent pas.

Laurent a proposé qu'on vote et qu'on se rallierait à la majorité, comme chaque fois pour les affaires importantes de la classe.

Georgette a répondu qu'on ne votait pas pour n'importe quoi.

– C'est comme si vous vouliez voter pour savoir si les animaux parlent !

– Bien sûr qu'ils parlent, a dit Audrey, outrée. Moi, j'ai un chien et il comprend tout ce que je dis.

La moitié de la classe s'est mise à aboyer. Alors, pour obtenir le silence sans se mettre en colère, Georgette a cédé (c'était la première fois).

On a voté. On a dépouillé dans le silence absolu. À la fin, avec les bulletins blancs, on n'était pas plus avancés : on s'est retrouvés match nul.

Pour nous départager et pour que la discussion soit enfin sérieuse, Georgette a dit :

— Ce soir, vous demanderez à vos parents ce qu'ils en pensent. Vous chercherez des documents sur les différentes fêtes religieuses et demain, on en reparlera.

Le lendemain : quel potin !

– On n'a pas le droit de faire de la religion en classe, a hurlé Florian. Noël, c'est une fête catholique et Jésus n'existe pas ! Et l'école, elle est laïque ; mes parents me l'ont dit.

Fanny a proposé qu'on vote encore une fois.

Georgette a tapé du poing sur la table. Elle allait nous expliquer mais d'abord elle voulait le fruit de nos recherches.

Oumar, Abdel et Fatoumata ont dit que chez les musulmans, Noël ça ne se faisait pas mais qu'ils avaient des cadeaux et de l'argent pour l'Achoura.

Yenkel, qui est juif, a dit que de toute façon, lui il s'en fichait parce que son Noël s'appelait Hanouka et que ses cadeaux, il les avait déjà...

On aurait commencé la guerre des religions et ça aurait pu durer cent ans si Georgette n'était pas intervenue.

Elle a encore redit qu'il fallait absolument respecter les croyances des autres et elle a fait des dessins et des flèches au tableau, pour expliquer les religions. Fastoche ! Les musulmans : une mosquée. Les juifs : une synagogue. Les catholiques : une église. Les bouddhistes : un temple.

– Et les riens-du-tout ? a demandé Florian.

Georgette a dit qu'on les appelait « à thé » et elle a fait sa tête embêtée.

Dragan l'a sauvée en demandant à quoi ils croyaient, les extraterrestres, parce que la vie dans les autres mondes ça existait...

Georgette s'est embrouillée. Tout s'est mélangé quand elle a dit que Jésus était juif et Paul-Hugo a rouspété en disant qu'elle avait oublié les protestants.

Georgette s'est excusée, a dit que les protestants étaient chrétiens aussi... et nous, avec tous les documents qu'on avait apportés, on est restés bouche bée.

26

– Et le Père Noël dans tout ça, alors, il existe ou il existe pas ? a demandé Laurent. Moi, mes parents, ils ont rien voulu me dire sur rien. Juste que Noël, c'était une affaire de gros sous.

Georgette a soupiré. Elle a tapé dans ses mains.
– On reprendra cette discussion plus tard.

Elle a demandé à Djamel de réciter la table des deux...

Et à Laurent de continuer.

Tout est redevenu normal. Ils se sont regardés, embêtés. Il n'y avait plus de discussion possible.

Claude Gutman est une des rares stars du livre pour la jeunesse en France. Les succès de *Toufdepoil* (Pocket), de *Danger, gros mots* (Syros, puis Pocket) ou de *La maison vide* (Gallimard) en sont autant de preuves. Pour Casterman, Claude Gutman a écrit tous les titres de la série « Vive la grande école ».

Rédacteur en chef graphique de la revue *Astrapi* (Bayard Presse), **Serge Bloch** n'a presque pas besoin d'être présenté. On retrouve très régulièrement ses dessins dans les livres pour la jeunesse (série « Max et Lili », Calligram), chez Casterman dans la collection « Romans HUIT/DIX & PLUS ».

Pour les lecteurs débutants, des *histoires* courtes et vivantes, illustrées tout en couleurs